ALFAGUARA

Tomasito

Graciela Beatriz Cabal

Ilustraciones de Sandra Lavandeira

ALFAGUARA

TOMASITO

D.R. © Graciela Beatriz Cabal, 1998
Aguilar, Altea, Taurus, Alfagura, S.A. Buenos Aires, Argentina, 1998

D.R. © de esta edición:
Santillana Ediciones Generales, S.A. de C.V., 2009
Av. Universidad 767, Col. Del Valle
03100, México, D.F.

Alfaguara es un sello editorial del **Grupo Santillana.**
Éstas son sus sedes:

Argentina, Bolivia, Chile, Colombia, Costa Rica, Ecuador, El Salvador, España, Estados Unidos, Guatemala, México, Panamá, Paraguay, Perú, Puerto Rico, República Dominicana, Uruguay y Venezuela.

Primera edición: enero de 2009
Primera reimpresión: julio de 2009

ISBN: 978-607-11-0098-6

Impreso en México

Para los Tomasitos y las Tomasitas
(que a veces se llaman Pablo,
Bettina, Julieta, Camila, Nahuel...)

Tomasito: dícese del bebé que todavía vive dentro de la panza de su mamá.

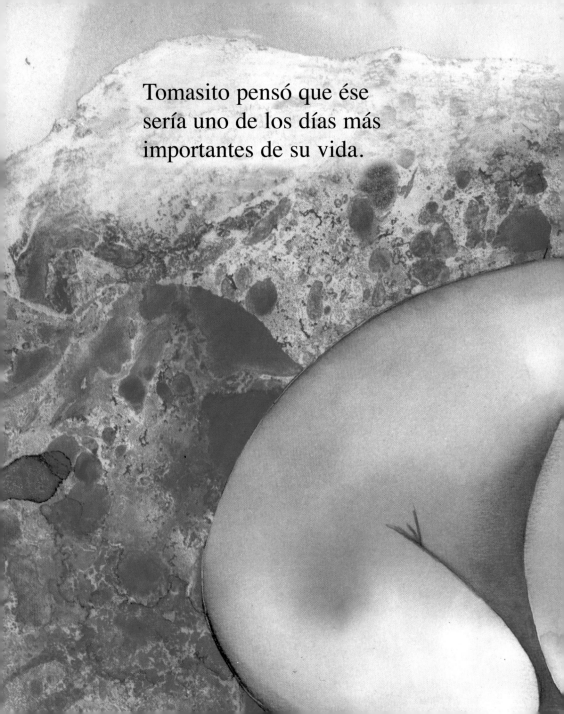

Tomasito pensó que ése sería uno de los días más importantes de su vida.

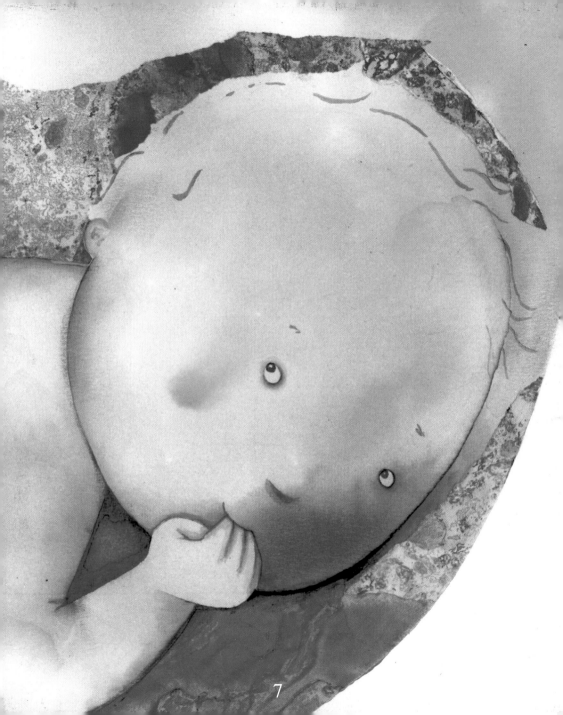

No sabía por qué pero se
revolvía muy inquieto.
¿Es que habría llegado el
momento?

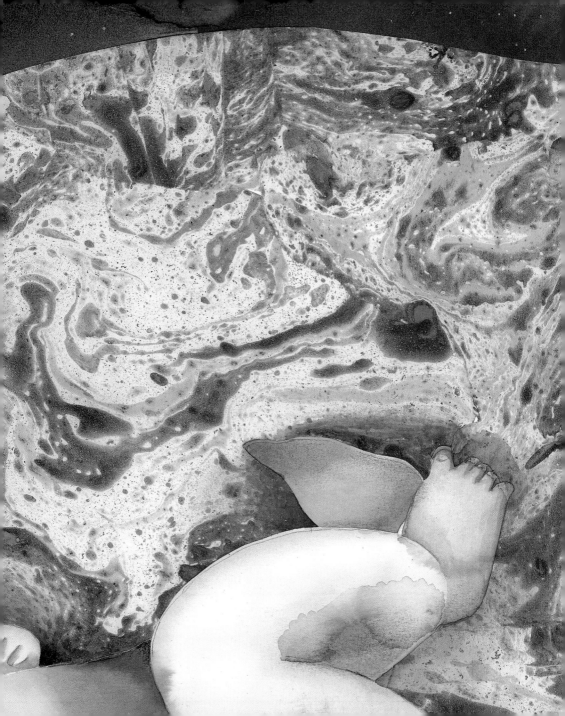

Quiso cambiar de posición y eso
le costó bastante.
Últimamente había crecido mucho.
Ya no podía nadar de un lado
al otro como un pececito.
Ya no podía dar vueltas carnero.

Tomasito se chupó el dedo gordo,
tuvo ganas de llorar y dio una patada.

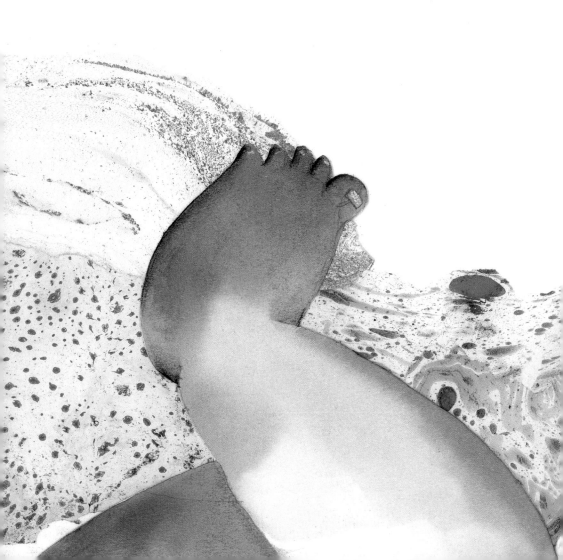

Sin embargo él sabía que
lo estaban esperando.
Nadie se lo había dicho,
pero él lo sabía.

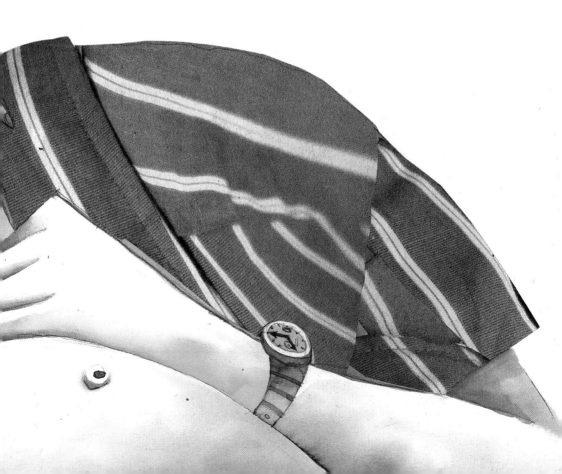

También conocía su nombre: Tomasito.
Él hubiera preferido llamarse Pablo o Federico.
Pero los otros habían pensado "Tomasito",
y así debía ser.

Los otros. Sin consultarlo.

Y ya le habían comprado un oso peludo y un conejo con música y hasta un libro con figuras para cuando Tomasito fuera alto y supiera leer.

Tenía mucho miedo de salir.
Allí dentro se sentía tan
abrigado y feliz...
¿No podría quedarse unos
cuantos días más?
Todavía estaba colorado
y lleno de arrugas, como
un viejito.
Tenía poco pelo y sus uñas
eran chiquitas...

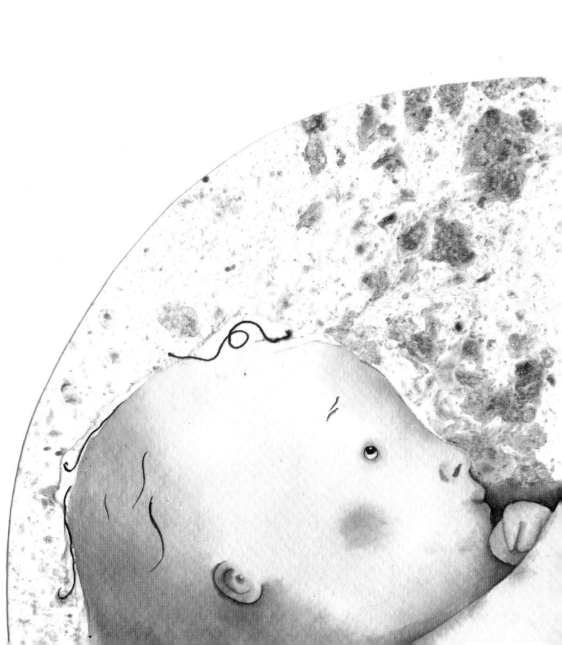

Además no se podía ir así como así.
Se había encariñado con esa
casita oscura y silenciosa.
Después de todo, allí había pasado
los mejores momentos de su vida.

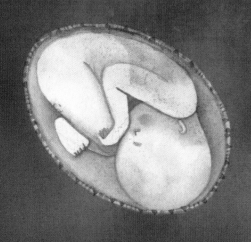

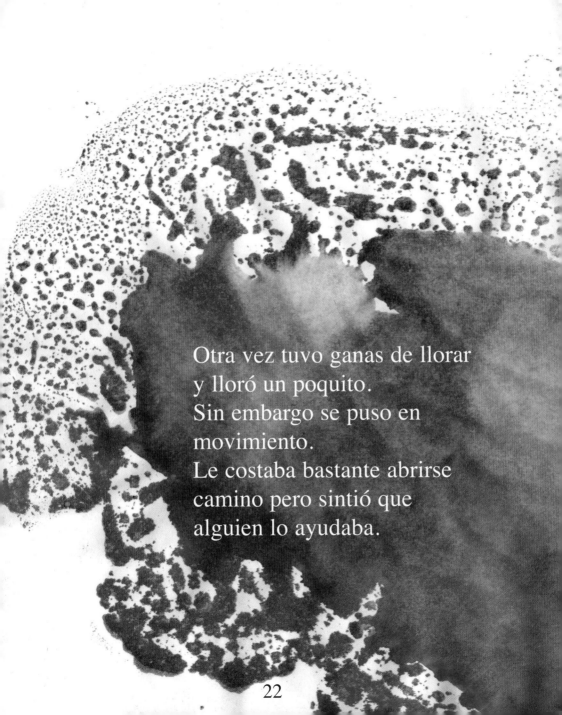

Otra vez tuvo ganas de llorar
y lloró un poquito.
Sin embargo se puso en
movimiento.
Le costaba bastante abrirse
camino pero sintió que
alguien lo ayudaba.

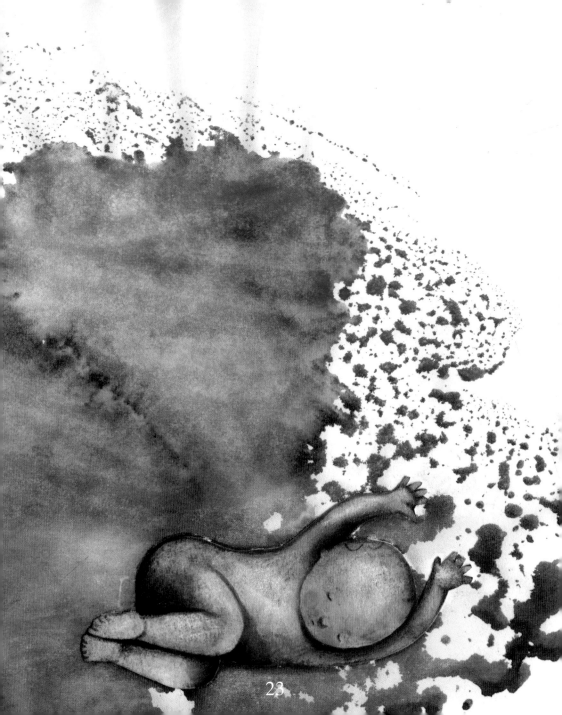

23

Era como si lo llamaran desde
afuera: Tomasito... Tomasito...
Entonces ya no dudó más.
Debía salir, había que salir.

Él sabía que tenía que asomar
primero la cabeza.
Hizo mucha fuerza y se cansó.
¿No sería mejor volver atrás?

Entonces sintió que lo agarraban
con cuidado y lo hacían girar.
Lo demás fue sencillo.

Tomasito se sintió muy raro.
Tenía miedo de abrir los ojos.
¿Dónde estaba exactamente?
¡Qué asustado se sentía...!
Hubiera querido meterse
otra vez.

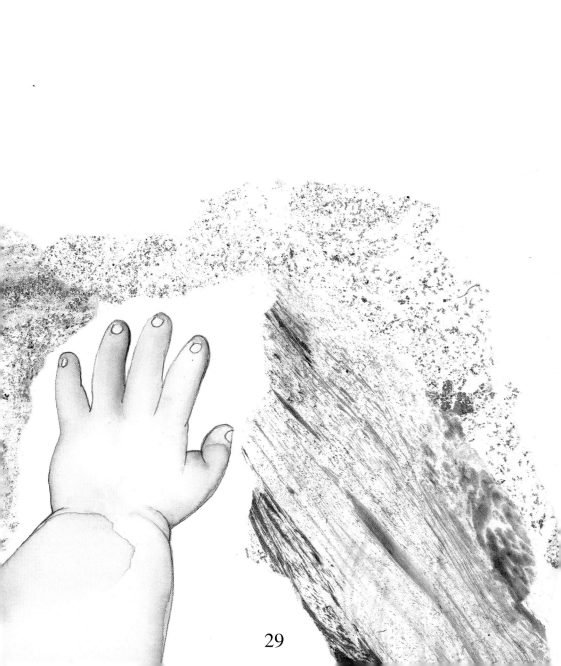

29

Tuvo ganas de llorar y esta vez lloró muy fuerte.
—Es un varón, señora. Un lindo varón...
Tomasito se puso muy orgulloso pero no podía
parar de llorar.
Y no abría
los ojos.

De repente se dio cuenta de que
lo acercaban a algo tibio y conocido.
Y sintió un olor que era su propio olor.
Y oyó una voz que ya había escuchado
mientras dormía.
Entonces se animó a abrir los ojos.

Al principio se asustó un poco.
Pero después se fue acostumbrando.
Y se acomodó tranquilo.

Casi tan tranquilo como cuando
estaba en la panza de su mamá.

GRACIELA BEATRIZ CABAL

Nació en Buenos Aires. Fue escritora, docente y coordinadora de talleres de literatura. Desarrolló una vasta tarea como recopiladora de cuentos populares y difusora de temas sociales, ecología y salud. Alfaguara Infantil ha publicado *Barbapedro y otras personas, La bolita azul* y *Mi amigo el rey.*

Esta obra se terminó de imprimir en julio de 2009
en los talleres de Editorial Impresora Apolo, S.A. de C.V.
Centeno 150-6, Col. Granjas Esmeralda,
C.P. 09810, Iztapalapa, México, D.F.